हिन्द पॉकेट बुक्स

हमारे

नेशनल पार्क

AF673925

हमारा भारत सदा से वन संपदा वाला देश रहा है। लेकिन आजकल जंगल खत्म होते जा रहे हैं, इसलिए कुछ जंगलों और जंगल के सुंदर एवं अद्‌भुत पशु और परिंदों को बचाने के लिए राष्ट्रीय उद्यान के रूप में बदल दिया गया है। ये राष्ट्रीय उद्यान भारत के प्राकृतिक सौंदर्य में चार चांद लगाते हैं। इस पुस्तक में भारत के राष्ट्रीय उद्यानों यानी नेशनल पार्कों की अनकही कहानी उकेरी गई है।

यह पुस्तक बहुत ही आसान भाषा में है और इसे रोचक ढंग से लिखा गया है, ताकि इसे याद करने में भी आसानी होगी। इसके साथ ही इसमें आकर्षक चित्र भी दिए गए हैं और साथ ही आपकी परीक्षा के लिए प्रश्नोत्तरी, हल कीजिए और अपने ज्ञान की परीक्षा आप स्वयं कीजिए।

लेखक की अन्य पुस्तकें

- हमारे राष्ट्रीय खेल
- हमारा राष्ट्रीय पुष्प कमल
- हमारा राष्ट्रीय पक्षी मोर
- हमारा राष्ट्रीय गीत
- हमारी राष्ट्रीय संस्कृति वैदिक
- हमारा राष्ट्रीय फल आम
- हमारा राष्ट्रीय चिह्न अशोक चक्र
- हमारा राष्ट्रीय वृक्ष बरगद
- हमारी राष्ट्रीय जलचर डॉल्फिन
- हमारी राष्ट्रीय नदी गंगा
- हमारा राष्ट्रीय ग्रंथ गीता
- हमारे राष्ट्रीय पर्व और दिवस
- हमारे राष्ट्रीय स्मारक
- हमारा राष्ट्रीय ध्वज तिरंगा
- हमारे राष्ट्रीय विरासत स्थल
- हमारी राजभाषा हिन्दी
- हमारा राष्ट्रीय पशु बाघ
- लोकप्रिय बाल गीत
- हमारे देशभक्ति गीत
- हमारे राष्ट्रीय गीत
- शहीदों के अमर गीत
- महाभारत की कहानियाँ
- पुराणों की कहानियाँ
- रामायण की कहानियाँ
- बेताल पचीसी, दो भागों में
- महापुरुषों का बचपन
- महाराणा प्रताप
- बहादुर बेटी मलाला

सुरुचिपूर्ण एवं प्रेरणादायक सचित्र जानकारियाँ

हमारे नेशनल पार्क

तेजपाल सिंह धामा

हिन्द पॉकेट बुक्स
पेंगुइन रैंडम हाउस इम्प्रिंट

हिन्द पॉकेट बुक्स

यूएसए | कनाडा | यूके | आयरलैंड | ऑस्ट्रेलिया | सिंगापुर
न्यू ज़ीलैंड | भारत | दक्षिण अफ्रीका | चीन

हिन्द पॉकेट बुक्स, पेंगुइन रैंडम हाउस ग्रुप ऑफ़ कम्पनीज़ का हिस्सा है,
जिसका पता global.penguinrandomhouse.com पर मिलेगा

पेंगुइन रैंडम हाउस इंडिया प्रा. लि.,
चौथी मंजिल, कैपिटल टावर -1, एम जी रोड,
गुड़गांव 122 002, हरियाणा, भारत

पेंगुइन
रैंडम हाउस
इंडिया

प्रथम हिन्दी संस्करण हिन्द पॉकेट बुक्स द्वारा 2014 में प्रकाशित
यह हिन्दी संस्करण हिन्द पॉकेट बुक्स में पेंगुइन रैंडम हाउस द्वारा 2022 में प्रकाशित

10 9 8 7 6 5 4 3 2

इस पुस्तक में व्यक्त विचार लेखक के अपने हैं, जिनका यथासंभव तथ्यात्मक सत्यापन किया गया है, और इस संबंध में प्रकाशक एवं सहयोगी प्रकाशक किसी भी रूप में उत्तरदायी नहीं हैं।

ISBN 9789353491437

मुद्रकः रेप्रो इंडिया लिमिटेड

www.penguin.co.in

MIX
Paper from responsible sources
FSC® C047271

This is a legitimate digitally printed version of the book and therefore might not have certain extra finishing on the cover.

क्रम

भारत के राष्ट्रीय उद्यान

बच्चो! बाग-बगीचों और जंगलों में घूमना और पशु-पक्षियों को देखना तुम्हें बहुत अच्छा लगता होगा, है ना। तो चलिए आज हम आपको देश में स्थित बहुत से राष्ट्रीय उद्यानों के बारे में बताएंगे, जिनमें जंगली जानवर, सुंदर पक्षी और प्रकृति के अद्भुत दृश्य के अलावा और न जाने क्या-क्या हैं? तो चलिए करते हैं शुरुआत।

बच्चो, दरअसल 1935 में भारत का पहला राष्ट्रीय उद्यान था : हेली नेशनल पार्क, जिसे अब जिम कोर्बेट राष्ट्रीय उद्यान के रूप में जाना जाता है। 1970 तक भारत में केवल 5 राष्ट्रीय उद्यान थे। 1980 के दशक में वन्यजीव संरक्षण अधिनियम और प्रोजेक्ट टाइगर

योजना के अलावा वन्य जीवों की सुरक्षार्थ कई अन्य वैधानिक प्रावधान लागू हुए। अप्रैल 2012 में देश में राष्ट्रीय उद्यानों की संख्या 102 थी, जिनका कुल क्षेत्रफल 39919 वर्ग किलोमीटर है, जो भारत के सम्पूर्ण भू क्षेत्रफल का 1.21 प्रतिशत भाग है। आगे हम क्रमबद्ध ढंग से राष्ट्रीय उद्यानों पर चर्चा करने जा रहे हैं।

नन्दा देवी राष्ट्रीय उद्यान

बच्चो! आपने नन्दा देवी का नाम तो सुना ही होगा, हिन्दुओं की बड़ी शक्तिशाली देवी हैं। जानते हो इसके नाम पर एक राष्ट्रीय उद्यान भी है, जो बड़ा ही सुंदर है। नन्दा देवी राष्ट्रीय उद्यान भारत के उत्तराखण्ड राज्य में नन्दा देवी पर्वत के आस-पास का इलाका है, जो कि 630.33 वर्ग कि.मी. में फैला हुआ है। इसको सन् 1982 में राष्ट्रीय उद्यान घोषित किया गया था। फूलों की घाटी राष्ट्रीय उद्यान के साथ मिलकर नन्दा देवी बायोस्फीयर रिजर्व बनता है, जिसका कुल क्षेत्रफल 2236.74 वर्ग कि.मी. है और इसके चारों ओर 5148.57 वर्ग कि.मी. का मध्यवर्ती क्षेत्र है। यह रिजर्व यूनेस्को की विश्व के बायोस्फीयर रिजर्व की सूची में सन् 2004 से अंकित है।

इस उद्यान के अंतर्गत नन्दा देवी अभयारण्य आता है, जो कि एक हिमनद घाटी है, जो चारों ओर से 6000 से 7500 मी. ऊँची चोटियों से घिरी हुई है और जिसका जल इस उद्यान के पश्चिम में ऋषिगंगा नामक नदी में बहता है। इस नदी का दर्रा बहुत तंग, खड़ा और अत्यन्त दुर्गम है। समूचे उद्यान की समुद्र सतह से ऊँचाई 3500 मी. से भी ज्यादा है।

इस अभयारण्य को दो भागों में बांटा जा सकता है : भीतरी और बाहरी। दोनों को उत्तर, पूर्व और दक्षिण की तरफ से दीवारनुमा

ऊँची-ऊँची चोटियाँ घेरे हुए हैं और पश्चिम की तरफ उत्तर और दक्षिण की पर्वत श्रेणियाँ ऋषिगंगा दर्रे में जाकर मिल जाती हैं।

भीतरी अभयारण्य लगभग पूरे क्षेत्रफल के दो तिहाई हिस्से में

फैला हुआ है और इसी इलाके में नंदा देवी पर्वत के साथ-साथ उत्तरी और दक्षिणी ऋषि हिमनद भी हैं, जो नंदा देवी चोटी के दोनों ओर स्थित हैं।

इन दोनों हिमनदों के सहायक हिमनद क्रमशः उत्तरी और दक्षिणी नंदा देवी हिमनद हैं। रिक शिप्टन और बिल टिल्मैन सन् 1934 में भीतरी अभयारण्य में ऋषि दर्रे के रास्ते पहुँचने वाले पहले आदमी माने जाते हैं।

बाहरी अभयारण्य पश्चिम में कुल क्षेत्रफल का एक तिहाई हिस्सा लेता है और भीतरी अभयारण्य से ऊँची पर्वत श्रेणियों से अलग होता है। इसमें ऋषिगंगा बहती है, जो इसे दो भागों में बाँटती है। इसके उत्तरी भाग में रमनी हिमनद है, जो दूनागिरि और चांगाबांग चोटियों की ढलानों से नीचे बहता है। इसके दक्षिणी भाग में त्रिशूल हिमनद है, जो त्रिशूल पर्वत से नीचे बहता है। यहां पर्यटकों को देखने के लिए और भी बहुत से स्थल मिलते हैं, जो अत्यंत आकर्षक एवं मनमोहक हैं।

सुंदरवन राष्ट्रीय उद्यान

बच्चो! टाइगर यानी कि बाघ हमारा राष्ट्रीय पशु है और जानते हो यह अधिक संख्या में कहां विचरण करता है, जी हां यह करता है सुंदर वन में और यह सुंदरवन हमारा राष्ट्रीय उद्यान। चलो अब इसकी चर्चा ही क्यों न की जाए। सुंदरवन (सुंदरबन) राष्ट्रीय उद्यान भारत के पश्चिम बंगाल राज्य के दक्षिणी भाग में गंगा नदी के सुंदरवन डेल्टा क्षेत्र में स्थित एक राष्ट्रीय उद्यान, बाघ संरक्षित क्षेत्र एवं बायोस्फीयर रिजर्व क्षेत्र है।

यह क्षेत्र मैन्ग्रोव के घने जंगलों से घिरा हुआ है और रॉयल

बंगाल टाइगर का सबसे बड़ा संरक्षित क्षेत्र है। हाल के अध्ययनों से पता चला है कि इस राष्ट्रीय उद्यान में बाघों की संख्या 103 है। यहां पक्षियों, सरीसृपों तथा रीढ़विहीन जीवों (इन्वर्टीब्रेट्स) की कई प्रजातियाँ भी पायी जाती हैं।

इनके साथ ही यहाँ खारे पानी के मगरमच्छ भी मिलते हैं। वर्तमान सुंदरवन राष्ट्रीय उद्यान 1973 में मूल सुंदरवन बाघ रिजर्व क्षेत्र का कोर क्षेत्र तथा 1977 में वन्य जीव अभयारण्य घोषित हुआ था। 4 मई, 1984 को इसे राष्ट्रीय उद्यान घोषित किया गया था।

मरुभूमि राष्ट्रीय उद्यान

बच्चों! राजस्थान को रेत का समुद्र कहा जाता है, लेकिन बात ऐसी है नहीं। सच पूछिए तो राजस्थान में भी अनेक जगह हरियाली और जंगली पशुओं के बहुत बड़ी संख्या में दर्शन हो जाते हैं। भले ही अब यह सब राष्ट्रीय उद्यान की बात ही क्यों न हो! मरुभूमि राष्ट्रीय उद्यान ऐसी ही जगह है जहां यह आभास नहीं होता है कि हम राजस्थान में हैं।

मरुभूमि राष्ट्रीय उद्यान राजस्थान के जैसलमेर जिले के थार मरुस्थल में स्थित है। यह उद्यान न केवल राज्य का सबसे बड़ा उद्यान

है बल्कि पूरे भारत में इसके बराबर का कोई राष्ट्रीय मरुउद्यान नहीं है। उद्यान का कुल क्षेत्र 3162 वर्ग किलोमीटर है। उद्यान का काफी बड़ा भाग लुप्त हो चुके नमक की झीलों की तलहटी और कंटीली झाड़ियों से परिपूर्ण है। इसके साथ ही रेत के टीलों की भी बहुतायत है। उद्यान का 20 प्रतिशत भाग रेत के टीलों से सजा हुआ है। उद्यान का प्रमुख क्षेत्र खड़ी चट्टानों, नमक की छोटी-छोटी झीलों की तलहटियों, पक्के रेतीले टीलों और बंजर भूमि से अटा पड़ा है।

एक नाजुक पारिस्थितिकी तंत्र के बावजूद यहाँ पक्षी जीवन की बहुतायत है। यह क्षेत्र रेगिस्तान के प्रवासी और निवासी पक्षियों के लिए स्वर्ग है। कई किस्म के बाज और गिद्ध इन सबके बीच आम हैं। रेत का मुर्ग छोटे तालाबों या झीलों के पास देखा जाता है। लुप्तप्राय ग्रेट इंडियन बस्टर्ड (सोन चिरैया), जो कि एक शानदार पक्षी है, यहाँ अपेक्षाकृत अच्छी संख्या में पाया है। यह विभिन्न मौसमों में स्थानीय रूप से प्रवास करता है। नवंबर और जनवरी के बीच का समय यहाँ आने के लिए सबसे उपयुक्त है। यह उद्यान 18 करोड़ वर्ष पुराने जानवरों और पौधों के जीवाश्म का एक संग्रह है। इस क्षेत्र में डायनासोर के कुछ जीवाश्म तो ऐसे पाए गए हैं जो 60 लाख साल पुराने हैं। थार की भंगुर पर्यावरणीय प्रणाली में अनेक प्रकार की अनूठी वनस्पतियों और पशुओं की प्रजातियों के साथ-साथ वन्यजीवों को पनाह मिली हुई है। मरुस्थलीय पर्यावरण प्रणाली का यह सर्वथा उपयुक्त उदाहरण है। इन कठिन परिस्थितियों में अनेक प्रकार के जीवों को फलते-फूलते देखना अपने आप में एक सुखद आश्चर्य है। उद्यान की अद्भुत वनस्पतियों और पशुओं को देखने का सबसे उत्तम स्थान सुदाश्री वन चौकी है। भरतपुर पक्षी

अभयारण्य के निकट स्थित होने के कारण यहां भी अनेक प्रकार के प्रवासी पक्षी आते रहते हैं। उद्यान में तीन प्रमुख झीलें हैं : राजबाग झील, मलिक तलाव झील और पदम तलाव झील। ये तीनों झीलें, इस राष्ट्रीय उद्यान के निवासियों के प्रमुख जल स्रोत हैं। कृष्णमृग इस क्षेत्र में एक आम मृग है। राष्ट्रीय उद्यान के अन्य उल्लेखनीय निवासियों रेगिस्तानी लोमड़ी, भेड़िया और रेगिस्तानी बिल्ली हैं। इस रेतीले आवास में पक्षी जीवन ज्वलंत और शानदार है।

भंगुर पर्यावरणीय प्रणाली के बावजूद यहां अनेक प्रकार के पक्षी पाए जाते हैं। लुप्तप्राय ग्रेट इंडियन बस्टर्ड (सोन चिरैया) इस उद्यान में अच्छी खासी संख्या में मौजूद हैं। यह क्षेत्र मरुस्थल के प्रवासी एवं स्थानीय पक्षियों का सुरक्षित आश्रयस्थल बना हुआ है। यहां उकाब, बाज, चील, लंबे पांव और चोंच वाले अनेक प्रकार के शिकारी पक्षियों के अलावा गिद्धों का दीदार आसानी से हो जाता है। विविध रंगरूप, पंखों और पंजों की बनावट वाले चील, उकाब, बाज और गिद्ध यहां पर्याप्त मात्रा में पाए जाते हैं। शाही मरु तीतर छोटे-छोटे तलाबों और झीलों के आसपास देखे जा सकते हैं। बटेर, मधुमक्खी-भक्षी, लवा (भरत पक्षी) और इस तरह की अनेक प्रजातियां यहां सर्वत्र देखी जा सकती हैं। जबकि लंबी गर्दन वाले सारस और बगुले

जाड़ों में ही दिखाई देते हैं। नीली दुम वाले और हरे मधुभक्षी पक्षियों के अलावा अनेक प्रकार के सामान्य और दुर्लभ तीतर-बटेर पक्षी प्रेमियों के आकर्षण का केन्द्र बने हुए हैं। इस उद्यान में शीतकाल में अनेक प्रवासी पक्षी भी अपना बसेरा बनाते हैं।

शायद उद्यान का सबसे बड़ा आकर्षण ग्रेट इंडियन बस्टर्ड (सोन चिरैया) नामक पक्षी है, जो एक लुप्तप्राय प्रजाति है और केवल भारत में ही पाया है। यह उद्यान उन आखिरी जगहों में से एक है, जहाँ यह प्रजाति अच्छी संख्या में पाई जाती है। वैसे भी, इस प्रजाति को देखने दुनिया भर से पक्षी प्रेमी हजारों की संख्या में आते हैं। ग्रेट इंडियन बस्टर्ड के अलावा, यह उद्यान अन्य कई किस्म के पक्षियों का गढ़ है जो पक्षी प्रेमियों और संरक्षणवादियों, दोनों को समान रूप से आकर्षित करते हैं।

थार रेगिस्तान, जिसे अकसर रेत का समुद्र कहा जाता है, पश्चिमी राजस्थान के एक बड़े क्षेत्र में फैला हुआ है। थार का नाजुक पारिस्थितिकी तंत्र एक अद्वितीय और विविध वन्य जीवन को सहारा देता है। रेत के इस विशाल सागर में यह प्रसिद्ध राष्ट्रीय उद्यान है, जो थार रेगिस्तान और उसके विविध वन्य जीवन के पारिस्थितिकी तंत्र का एक उत्कृष्ट उदाहरण है।

यहाँ वनस्पति विरल है, लेकिन सेवन घास और आक की झाड़ियाँ यहाँ-वहाँ देखी जा सकती हैं। परिदृश्य ऊँची-नीची चट्टानों और ठोस नमक झील के तल, मध्यवर्ती क्षेत्रों और दोनों तरह के रेत के टीलों – चल एवं अचल से भरा है। रेत के टिब्बे इस विशाल विस्तार का लगभग 20 प्रतिशत हिस्सा हैं। पद्म तलाव झील, राजबाग झील, मिलक झील इत्यादि इस कठोर परिवेश में रहने वाले वन्य प्राणियों के लिए मुख्य जल स्रोत हैं।

उद्यान की वनस्पतियों और पेड़-पौधों की प्रजातियों में धोक, रोंज, सलाई और ताड़ के वृक्ष प्रमुख हैं। वनस्पतियां बिखरी और छितरी हुई हैं। आक की झाड़ियों और सेवान घास से भरे छोटे-छोटे भूखंड भी यत्र-तत्र दिखाई देते हैं ।

मरुभूमि राष्ट्रीय उद्यान में पशुओं और पौधों के जीवाश्मों के ढेर लगे हैं। कहते हैं कि ये जीवाश्म 18 करोड़ वर्ष पुराने हैं। डायनासोर के 60 लाख वर्ष पुराने जीवाश्म भी इस क्षेत्र में पाए जाते हैं ।

मरुभूमि राष्ट्रीय उद्यान (डेजर्ट नेशनल पार्क) के वन्यजीवों में ब्लैक बक (काला हिरण), चिंकारा, रेगिस्तानी लोमड़ी, बंगाल लोमड़ी, भारतीय भेड़िया, रेगिस्तानी बिल्ली, खरगोश आदि प्रमुख हैं। सांप

भी यहां खूब पाए जाते हैं। अनेक प्रकार की छिपकलियां, गिरगिट, रूसेल वाइपर, करैत जैसे जहरीले सांपों की अन्य कई प्रजातियां भी यहां पाई जाती हैं ।

राजस्थान सरकार ने जैसलमेर जिले के इस उद्यान का 4 अगस्त, 1980 को जारी अपनी अधिसूचना क्रमांक एफ-3(1)(73) संशो. के जरिये इसे मरुभूमि राष्ट्रीय उद्यान अर्थात् डेजर्ट नेशनल पार्क के रूप में अधिसूचित किया था। इससे पूर्व यह मरुभूमि वन्यजीव अभयारण्य के रूप में जाना जाता था। अपने पर्यावरणीय और वानस्पतिक, महत्व के कारण ही इसे राष्ट्रीय उद्यान का दर्जा प्रदान किया गया है ताकि उद्यान में रहने वाले वन्यजीवों और इस राष्ट्रीय उद्यान के पर्यावरण का संरक्षण, प्रचार और विकास भलीभांति किया जा सके ।

कंचनजंगा राष्ट्रीय उद्यान

बच्चो! सिक्किम भारत का अद्भुत संस्कृति वाला राज्य है और यहां प्राकृतिक दृश्य और जंगली पशुओं की विविधता इसकी संस्कृति को और भी विविध बना देती है। यहां कंचनजंगा नामक राष्ट्रीय उद्यान है।

कंचनजंगा राष्ट्रीय उद्यान या कंचनजंगा (हाइ ऑलटिट्यूड) राष्ट्रीय उद्यान सिक्किम, भारत में स्थित एक राष्ट्रीय उद्यान और एक बायोस्फीयर रिजर्व है। इस उद्यान को अपना नाम कंचनजंगा पर्वत से मिलाता है, जो 8586 मीटर (28,169 फीट) ऊँची है और विश्व की तीसरी सबसे ऊँची शिखर है। इस उद्यान का कुल क्षेत्रफल 1784 वर्ग कि.मी. है जो कि सिक्किम के कुल क्षेत्रफल का 25.14 प्रतिशत है। जेमु हिमनद सहित पार्क में कई हिमनद हैं। कस्तूरी मृग, हिम तेंदुए और हिमालय तहर जैसे वन्यजीव उद्यान में रहते हैं।

मनुष्यों द्वारा अभी तक अन्नवेषित यह उद्यान हिम तेंदुआ, हिमालयी काला भालू, तिब्बती एंटीलोप, जंगली गधा, काकड़, कस्तूरी मृग, फ्लाइंग गिलहरी और लाल पांडा का आवास है, जो मैगनोलिया, बुरुंश और देवदार के जंगलों के बीच शरण पाते हैं।

यह उद्यान 26 अगस्त 1977 को स्थापित किया गया। इस उद्यान के अन्दर लेपचा जनजाति की कुछ बस्तियाँ हैं।

यह उद्यान भारत के सिक्किम राज्य के उत्तर सिक्किम जिले में स्थित है। इसकी समुद्र सतह से ऊँचाई 1829 मी. से 8550 मी. तक है और क्षेत्रफल 1784 वर्ग कि.मी. का है। यह भारत के गिने चुने अधिक ऊँचाई वाले राष्ट्रीय उद्यानों में से एक है। यह उद्यान तीन प्रमुख वन परिवेशों में बंटा हुआ है।

समशीतोष्ण पतझड़ी वन जो कि 2730 मी. की ऊँचाई तक हैं। मिश्रित शंकुधारी वन जो कि 3650 मी.मी. की ऊँचाई तक हैं तथा अल्पाइन घास और झाड़ियाँ जो कि 3650 मी. से अधिक ऊँचाई पर पाई जाती हैं।

इसकी पश्चिमी परिधि में कंचनजंगा पर्वत है। यह पर्वत भी देखने योग्य स्थल है और यहां काफी बड़ी संख्या में पर्यटक आते हैं।

राजाजी राष्ट्रीय उद्यान देहरादून

बच्चो! उत्तराखंड को देवभूमि के नाम से पुकारा जाता है। यानी कि यह देवताओं का निवास स्थल है। इसका अर्थ यह हुआ कि जहां पर देवता रहते हों, वह स्थान तो स्वर्ग जैसा ही होगा, है ना। तो चलिए हम यहां के एक स्वर्ग जैसे स्थल की ही चर्चा करेंगे। राजाजी राष्ट्रीय उद्यान, देहरादून वास्तव में यहां स्वर्ग का ही आभास कराता है।

राजाजी राष्ट्रीय उद्यान उत्तराखंड के देहरादून से 23 किमी की दूरी पर स्थित है। यह देहरादून के प्रमुख पर्यटन स्थलों में से है। पहले इस क्षेत्र में फैले जंगलों में तीन अभयारण्य थे – राजाजी, मोतीचूर, चिल्ला। 1983 में इन तीनों को मिलाकर एक कर दिया गया। महान स्वतंत्रता सेनानी चक्रवर्ती राजगोपालाचारी के नाम पर इसका नाम राजाजी राष्ट्रीय उद्यान रखा गया। 830 वर्ग किलोमीटर

के क्षेत्र में फैला राजाजी राष्ट्रीय उद्यान अपने यहाँ पाए जाने वाले हाथियों की संख्या के लिए जाना जाता है। इसके अलावा राजाजी राष्ट्रीय उद्यान में हिरन, चीते, सांभर और मोर भी पाए जाते हैं। राजाजी राष्ट्रीय उद्यान में पक्षियों की 315 प्रजातियाँ पाई जाती हैं। राजाजी पार्क अपने आप में अद्‌भुत स्थल है।

केंद्र ने उत्तराखंड के प्रसिद्ध राजाजी पार्क को बाघ अभयारण्य का दर्जा दिए जाने के प्रस्ताव को मंजूरी दे दी है। मुख्य वन संरक्षक (वन्यजीव) एस. एस. शर्मा ने बताया कि राजाजी राष्ट्रीय को बाघ

अभयारण्य का दर्जा देने का प्रस्ताव वन एवं पर्यावरण मंत्रालय को भेजा गया था, जिसे मंजूरी दे दी गई है।

इस संबंध में केंद्र से प्राप्त संवाद का उल्लेख करते हुए शर्मा ने कहा कि राजाजी राष्ट्रीय उद्यान में बाघ अभयारण्य 1150 वर्ग किलोमीटर में है, जिसमें हरिद्वार वन मंडल के श्यामपुर के साथ ही कोटद्वार और लालधांग शामिल हैं।

बाघ संरक्षण के क्षेत्र में इसे मील का पत्थर करार देते हुए शर्मा ने कहा कि उत्तराखंड को कार्बेट राष्ट्रीय उद्यान के बाद एक और बाघ अभयारण्य मिल गया है।

राजाजी राष्ट्रीय उद्यान के चिल्ला और धौलखंड क्षेत्र में बाघ पाए जाते हैं, जो हिमालय की शिवालिक शृंखला में स्थित है।

राजाजी राष्ट्रीय उद्यान क्षेत्र में बाघ की आबादी को देखते हुए इसे बाघ अभयारण्य का दर्जा दिए जाने की काफी समय से मांग की जा रही थी।

जिम कॉर्बेट राष्ट्रीय उद्यान

जिम कॉर्बेट था तो पशुओं का शिकार करने वाला अंग्रेज, लेकिन वह केवल आदमखोर पशुओं को ही मारता था और नेक पशुओं की रक्षा करता था, इसलिए उसके नाम पर भी एक सुंदर राष्ट्रीय उद्यान अपने भारत देश में है।

जिम कॉर्बेट राष्ट्रीय उद्यान भारत का एक प्रमुख राष्ट्रीय उद्यान है। यह गौरवशाली पशु विहार है। यह रामगंगा की पातलीदून घाटी में 1318.54 वर्ग किलोमीटर में बसा हुआ है, जिसके अंतर्गत 821.99 वर्ग किलोमीटर का जिम कॉर्बेट व्याघ्र संरक्षित क्षेत्र भी आता है। कुमाऊँ के नैनीताल जनपद में यह पार्क विस्तार लिए हुए है।

दिल्ली से मुरादाबाद - काशीपुर - रामनगर होते हुए कार्बेट नेशनल पार्क की दूरी 290 कि.मी. है। कार्बेट नेशनल पार्क में पर्यटकों के भ्रमण का समय नवम्बर से मई तक होता है। इस मौसम में कई ट्रैवल एजेन्सियाँ कार्बेट नेशनल पार्क में सैलानियों को घुमाने का प्रबन्ध करती हैं। कुमाऊँ विकास निगम भी प्रति शुक्रवार के दिल्ली से कार्बेट नेशनल पार्क तक पर्यटकों को ले जाने के लिए संचालित भ्रमणों (कंडक टेड टूर्स) का आयोजन करता है। कुमाऊँ विकास निगम की बसों में अनुभवी गाइड होते हैं जो पशुओं की जानकारी, उनकी आदतों को रेखांकित करते हुए महत्वपूर्ण जानकारियाँ देते रहते हैं।

यहाँ पर शेर, हाथी, भालू, बाघ, सुअर, हिरन, चीतल, साँभर, पांडा, काकड़, नीलगाय, घुरल और चीता आदि वन्य प्राणी अधिक संख्या में मिलते हैं। इसी तरह इस वन में अजगर तथा कई प्रकार

के साँप भी निवास करते हैं। जहाँ इस वन्य पशु विहार में अनेक प्रकार के भयानक जन्तु पाए जाते हैं, वहीं इस पार्क में 600 से लगभग रंग-बिरंगे पक्षियों की जातियाँ भी दिखाई देती हैं। यह देश का एक ऐसा अभयारण है जिसमें वन्य जन्तुओं की अनेक जातियाँ – प्रजातियों के साथ पक्षियों का भी आधिक्य रहता है। आज विश्व

का ऐसा कोई कोना नहीं है, जहाँ के पर्यटक इस पार्क को देखने नहीं आते हों।

अंग्रेज वन्य जन्तुओं की रक्षा करने के भी शौकीन थे। सन् 1935 में रामगंगा के इस अंचल को वन्य पशुओं के रक्षार्थ सुरक्षित किया गया। उस समय के गवर्नर मालकम हेली के नाम पर इस पार्क का नाम 'हेली नेशनल पार्क' रखा गया। स्वतंत्रता मिलने के बाद इस पार्क का नाम 'रामगंगा नेशनल पार्क' रख दिया गया। स्वतंत्रता के बाद विश्व में जिम कार्बेट का नाम एक प्रसिद्ध शिकारी के रूप में फैल गया था। जिम कार्बेट जहाँ अचूक निशानेबाज थे, वहाँ वन्य पशुओं के प्रिय साथी भी थे। कुमाऊँ के कई आदमखोर शेरों को उन्होंने मारकर सैकड़ों लोगों की जानें बचायी थी। हजारों लोगों को भय से मुक्त करवाया था। गढ़वाल में भी एक आदमखोर शेर ने कई लोगों की जानें ले ली थी। उस आदमखोर को भी जिम कार्बेट ने ही मारा था। वह आदमखोर गढ़वाल के रुद्र प्रयाग के आस-पास कई लोगों को मार चुका था। जिम कार्बेट ने 'द मैन ईटर ऑफ रुद्रप्रयाग' नाम की पुस्तकें लिखीं।

भारत सरकार ने जब जिम कार्बेट की लोकप्रियता को समझा और यह अनुभव किया कि उनका कार्यक्षेत्र भी यही अंचल था, तो सन् 1957 में इस पार्क का नाम 'जिम कार्बेट नेशनल पार्क' रख दिया गया और जिम कार्बेट नेशनल पार्क जाने वाले पर्यटक इसी मार्ग से जाते हैं। नैनीताल से आनेवाले पर्यटक इस संग्रहालय को देखकर ही आगे बढ़ते हैं।

दिल्ली से ढिकाला तक बस आ-जा सकती है। यहाँ पहुँचने के लिए रामनगर कालागढ़ मार्गों का भी प्रयोग किया जा सकता है।

दिल्ली से ढिकाला 297 कि.मी. है। दिल्ली से गाजियाबाद-हापुड़-मुरदाबाद-काशीपुर-रामनगर होते हुए ढिकाला तक का मार्ग है। मोटर की सड़क अत्यन्त सुन्दर हैं।

कान्हा राष्ट्रीय उद्यान

बच्चो, आपने कान्हा राष्ट्रीय उद्यानों के बारे में तो सुना ही होगा, इनमें बहुत सुंदर पशु-पक्षी और पेड़-पौधे होते हैं। उद्यानों की प्राकृतिक छटा देखने लायक होती है, अब हम आपको मध्य प्रदेश के राष्ट्रीय उद्यानों के बारे में भी जानकारी देंगे। तो आइए करते हैं शुरुआत और चलते हैं प्रकृति के आंचल की छांव तले। सबसे पहले हम मध्य प्रदेश के कान्हा राष्ट्रीय उद्यान की चर्चा करेंगे।

कान्हा राष्ट्रीय उद्यान भारत के मध्य प्रदेश राज्य में स्थित है। यह देखने लायक एक अति सुंदर और मनमोहक जगह है। यह मुख्यतः एक बाघ अभयारण्य है, जो 2051.74 वर्ग किलोमीटर क्षेत्र में फैला हुआ है। इस अभयारण्य का मूल्यांकन एशिया के सबसे अच्छे उद्यान के रूप में होता। कान्हा अभयारण्य में घास के मैदान, साल के पेड़ और बांस के जंगल, वन्य जीवन के लिए मानो स्वर्ग हैं। इस राष्ट्रीय उद्यान में बाघ का मुक्त संचार है, जो अभयारण्य के उद्देश्य को सफल साबित करता है। इस अभयारण्य में दुर्लभ बारहसिंगा भी पाया जाता है, जो सम्पूर्ण विश्व में और कहीं नहीं मिलता। वन्य जीवों के साथ-साथ इस अभयारण्य में पक्षियों की 300 से भी अधिक प्रजातियाँ पाई जाती हैं।

बच्चो, आपको अब यह जिज्ञासा भी होगी कि आखिर यह स्वर्ग जैसी सुंदर जगह है कहां? चलो हम इसकी विशेषताओं के साथ इसकी स्थिति से अवगत करा ही देते हैं। वन्य जीवन की सभी

आश्चर्यजनक विविधता के साथ कान्हा राष्ट्रीय उद्यान बाघ के निवास के लिए विशेष रूप में जाना जाता है। मध्य भारत में ऊंचाई पर बसा यह सबसे खूबसूरत स्थान मंडला और बालाघाट जिलों में स्थित है। सन 1935 से आज तक देश के सबसे पुराने अभयारण्यों में से एक होने के साथ इस स्थान के वन्य जीवन के संरक्षण का एक लंबा इतिहास रहा है, जो वास्तव में गर्व की बात है। विश्व पर्यटन के नक्शे पर इस राष्ट्रीय उद्यान ने अपनी एक जगह बना ली है। बाघों के साथ बारहसिंगा भी यहाँ का अनमोल रत्न है। किसी समय विलुप्त होने की दहलीज पर खड़ा दुर्लभ बारहसिंगा अब कान्हा राष्ट्रीय उद्यान में अपने प्राकृतिक निवास स्थान में प्रचुर मात्रा में पाया जाता है। यहां के परिंदे भी देखने लायक हैं, जो बच्चों को बहुत ही आकर्षित करते हैं।

बच्चो, हम इसके वनमंडल की चर्चा भी करेंगे। इस अभयारण्य के दो वनमंडल हैं : कोर क्षेत्र और बफर क्षेत्र। यदि हम इसके विस्तार की बात करें तो कान्हा राष्ट्रीय उद्यान का यह बाघ अभयारण्य 2051.74 वर्ग कि.मी. पर फैला है, जिसमें 917.43 वर्ग कि.मी. कोर, 1134.31 वर्ग कि.मी. बफर जोन और 110.74 वर्ग कि.मी. उपग्रह मिनीकोर क्षेत्र शामिल हैं। बाघ अभयारण्य के कोर क्षेत्र में मानवी गतिविधियाँ प्रतिबंधित की गई हैं और यहाँ बाघ को आजाद माहौल में घूमते हुए देखा जा सकता है। बच्चो, तुम्हारे अंदर अब यहां पाए जाने वाले जीव-जंतुओं के बारे में जानने की जिज्ञासा हो रही होगी, है ना। तो चलिए हम यह जिज्ञासा भी शांत कर देते हैं। दरअसल इस राष्ट्रीय उद्यान से बंजर और हेलॉन नदियाँ बहती हैं, जिनमें से हेलॉन बारहमासी है। यहाँ बनाई गई कई टंकियाँ और बाँध भी वन्य जीवन के लिए पानी की आपूर्ति के प्रमुख स्रोत हैं। उद्यान के अंदर

फैला हुआ वन प्रमुखता से उष्ण कटिबंधीय नम पर्णपाती प्रकार का है। कान्हा में स्तनधारियों की 22 प्रजातियाँ है। यहाँ के अन्य निवासियों में चीतल, सांभर, भौंकने वाले हिरण, बारहसिंगा, काले हिरण, नील गाय और गौर जैसी हिरण और मृग की प्रजातियाँ पाई जाती हैं। अन्य निवासियों में सुस्त भालू तथा जंगली कुत्तें, सियार और धारीदार लकड़बग्घे जैसे शिकारी शामिल हैं।

पक्षी और परिंदे आप लोगों को बहुत अच्छे लगते हैं, है ना, तो क्यों न आपको यहां पाए जाने वाले परिंदों के बारे में भी बता ही दिया जाए। यहाँ पक्षियों की 300 प्रजातियाँ पाई जाती हैं, जिनमें मोर, इग्रेट (एक प्रकार के काले पक्षी), गाने वाले पक्षी, हरे कबूतर, गरुड़,

बाज, पेड़ पाई आदि शामिल है। जल पक्षियों को उद्यान में कई नाले और पुलों के पास देखा जा सकता है। यह उद्यान 16 अक्टूबर से 30 जून तक खुला रहता है। फरवरी और जून के बीच की अवधि कान्हा की यात्रा का आदर्श समय होता है। मॉनसून के मौसम में 1 जुलाई से 15 अक्टूबर तक यह उद्यान बन्द रखा जाता है।

अब जिज्ञासा हो गई होगी कि अरे यहां तो जाना चाहिए, लेकिन कैसे पहुँचें यह प्रश्न खड़ा हो जाता है।

बच्चो! अब हम बताते हैं कि यदि आपको यहां जाना हो तो कैसे जाएंगे। मंडला और जबलपुर शहर से सड़क मार्ग द्वारा कान्हा राष्ट्रीय उद्यान तक पहुँचा जा सकता है। इस बाघ अभयारण्य में प्रवेश के लिए खतियाँ (किसली से 3 कि.मी. और मंडला से 68 कि.मी.), मंडला और मुक्की की ओर (बालाघाट से 82 कि.मी.)

तथा बालाघाट और सर्ही की ओर (जबलपुर से 150 कि.मी.) यह तीन प्रवेश द्वार हैं। साथ ही जबलपुर एक सुविधाजनक रेल स्थानक रहेगा। जबलपुर और नागपुर में निकटतम हवाई अड्डे स्थित हैं। जबलपुर से किसली और मुक्की तक तथा वहाँ से वापसी के लिए दैनिक बस सेवा उपलब्ध है। अभयारण्य के पर्यटन क्षेत्र में सूर्योदय और सूर्यास्त के बीच पर्यटकों को अनुमति दी जाती है। यहां पर काफी संख्या में पर्यटक आते हैं। मॉनसून के मौसम में 1 जुलाई से 15 अक्टूबर तक यह उद्यान बन्द रखा जाता है।

बांधवगढ़ राष्ट्रीय उद्यान

बांधवगढ़ राष्ट्रीय उद्यान मध्य प्रदेश में विंध्य पर्वतमाला के पूर्वी क्षेत्र में स्थित है। यह भी एक बहुत अच्छी जगह है, जो हरेक को देखनी चाहिए।

यह खजुराहो से लगभग 237 कि.मी. और जबलपुर से 195 कि.मी. की दूरी पर स्थित है। पहले बांधवगढ़ के चारों ओर फैले जंगल का रख-रखाव रीवा के महाराजा के शिकारगाह के रूप में किया जाता था। बांधवगढ़ राष्ट्रीय उद्यान अपने बाघों के लिए विश्व भर में प्रसिद्ध है।

आरक्षित वन क्षेत्र के बारे में आपने सुना ही होगा। इन वनों को काटा नहीं जा सकता। यह राष्ट्रीय उद्यान एक छोटा पार्क है, जो सुगठित होने के साथ ही खेलों से भरा हुआ है। बाँधवगढ़ में बाघों की संख्या भारत में सबसे अधिक है। इस राष्ट्रीय उद्यान के महत्व और संभाव्यता को देखते हुए इसे 1993 में प्रोजेक्ट टाइगर नेटवर्क में जोड़ा गया था। इस आरक्षित वन का नाम इसके मध्य में स्थित बांधवगढ़ पहाड़ी (807 मीटर) के नाम पर रखा गया है, जो विन्ध्याचल

पर्वत श्रेणी और सतपुड़ा पर्वतश्रेणी के पूर्वी सिरे के बीच स्थित है और यह मध्य प्रदेश के शहडोल और जबलपुर जिलों में है।

बच्चो, जानते हो बांधवगढ़ में भी सुंदर-सुंदर जीव-जंतु देखे जा सकते हैं। इस अभयारण्य में 22 प्रकार के स्तनधारियों की प्रजातियाँ तथा 250 पक्षी प्रजातियाँ पाई जाती है। शाकाहारियों में केवल गौर नामक जंतु ही इस अभयारण्य में पाया जाता है।

यहाँ सामान्यतः लंगूर और रिसस बंदर प्राइमेट समूह का प्रतिनिधित्व करते हैं। वन में पाए जाने वाले मांसभक्षियों में एशियाई भेड़िया, जंगली लोमड़ी, स्लॉथ बीयर, रेटल, भूरे मंगूस, पट्टी दार लकड़बग्गा, जंगली बिल्ली, चीते और बाघ आदि जंगली जीव प्रमुख हैं।

जंगली सुअर, चित्तीदार हिरण, सांभर, चौसिंगा, नील गाय, चिंकारा और गौर आदि भी पर्याप्त संख्या में यहाँ पाए जाते हैं।

बांधवगढ़ अभयारण्य में पाए जाने वाले स्तनधारी हैं : डोल, छोटी भारतीय सीवेट, पाम गिलहरी और छोटे बेंडीकूट चूहे कभी-कभार देखे जा सकते हैं।

पक्षी की बात करें तो यहां के पक्षी भी बड़े ही सुंदर होते हैं। नदियों और दलदली स्थानों की वनस्पति के साथ अनेक प्रकार के पक्षी भी बांधवगढ़ अभयारण्य में पाए जाते हैं। इनमें से कुछ सामान्य हैं : ग्रेब, अगरेट, लेसर एडजुटेंट, सारस, क्रेन, ब्लैक आइबिस, लैसर

विसलिंग टीज, सफेद आँखों वाले बजार्ड, ब्लैक काइट, क्रेस्टेड सर्पेंट इंगल, काला गीद्ध, इजिप्शन गीद्ध, सामान्य पी फाउल, लाल जंगली फाउल, डव, पाराकिट, किंगफिशर और इंडियन रोलर।

सरीसृप वर्ग के जन्तु भी यहां पाए जाते हैं। यहाँ पाए जाने वाले सरीसृप हैं : कोबरा, क्रेट, वाइपर, रेटल स्नैक, पाइथन, कछुएं और वारानस सहित कई प्रकार की छिपकलियाँ। यहां पर कुछ लोग सांपों के शत्रु भी बन गए हैं और सांपों का जहर निकालने के लिए उन्हें मारते हैं, लेकिन यह सब गैर कानूनी है। परंतु चोरी छिपे कभी-कभी ऐसी घटनाएं होती रहती हैं।

कैसे पहुँचें! अब यही प्रश्न यहां के बारे में भी उठता ही होगा, तो हम इसका समाधान भी कर देते हैं। बांधवगढ़ जाने के लिए

खजुराहो और जबलपुर के हवाई अड्डे अच्छे विकल्प हो सकते हैं। मध्य रेल मार्ग पर जबलपुर, कटनी और सतना तथा दक्षिण पूर्वी रेल मार्ग पर उमरिया नजदीकी रेलवे स्टेशन हैं। जबलपुर, कटनी और उमरिया से इस अभयारण्य तक पहुँचने के लिए बसें और टैक्सियाँ उपलब्ध हैं।

माधव राष्ट्रीय उद्यान

माधव राष्ट्रीय उद्यान मध्य प्रदेश के सबसे पुराने राष्ट्रीय उद्यानों में से एक है। किसी जमाने में यहां भयंकर वन क्षेत्र था। यह शिवपुरी के उत्तर में स्थित है। उद्यान पर्यटकों के लिए वर्ष भर खुला रहता है। यहाँ कई प्रकार की पहाड़ियाँ, सूखे, मिश्रित और पतझड़ी वन और घास के बड़े मैदान झील के आस-पास हैं, जो अनेक प्रकार के वन्य जीवों का दृश्य उपलब्ध कराते हैं। अधिकांश जानवरों को बड़े आराम से इस उद्यान में घूमते हुए देखा जा सकता है, जैसे – छोटे चिंकारा, भारतीय गेजल और चीतल आदि।

माधव राष्ट्रीय उद्यान की स्थापना वर्ष 1958 में मध्य प्रदेश के राज्य बनने के साथ ही की गई थी। यह उद्यान मूल रूप से ग्वालियर के महाराजा के लिए शाही शिकार का अभयारण्य था। इस उद्यान का कुल क्षेत्रफल 354.61 वर्ग कि.मी. है। ग्वालियर के माधवराव सिंधिया ने वर्ष 1918 में मनिहार नदी पर बांधों का निर्माण करते हुए सख्य सागर और माधव तालाब का निर्माण करवाया था, जो आज अन्य झरनों और नालों के साथ उद्यान के इकलौते बड़े जल निकाय हैं। इस राष्ट्रीय उद्यान को 1972 के वन्य जीवन संरक्षण अधिनियम के तहत और भी अधिक सुरक्षित बनाया गया है। यहाँ की ऊंचाई 360-480 मीटर के आस-पास है।

जीव-जंतु तो यहां भी बड़े अच्छे मिलते हैं। बच्चों को बड़े ही प्यारे लगते हैं, लेकिन जीवों से बच के रहा जाता है। इस उद्यान में पाई जाने वाली प्रमुख प्रजातियाँ हिरण की हैं। उद्यान में पाई जाने वाली अन्य प्रजातियाँ हैं :

नील गाय, सांभर, चौसिंगा या चार सींग वाला एंटीलॉप, ब्लैक बक, स्लॉथ बीयर, चीते और सभी जगह पाए जाने वाले लंगूर। यहाँ कभी-कभी पेंथेरा ट्राइग्रिस, चीते, पेंथेरा पारडस, पट्टीदार हाइना, भेड़िए (केनिस ओरियस) जंगली बिल्ली (फेलिस चौस), चीतल (एक्सिस एक्सिस), सांभर (सर्वस यूनिकलर), नील गाय, बोसेलेफस, ट्रेगोकेमेलस, चार सींग वाला एंटीलॉप, टेट्रासेरस क्वाड्रीकोर्निस, जंगली सुअर, सुस स्क्रोफा, चिंकारा (पर्वतीय गजेल), गजेला और घड़ियाल आदि भी पाए जाते हैं।

कैसे पहुँचें! अब यह प्रश्न यहां के बारे में भी खड़ा हो ही जाता है, तो हम आपको बता दें कि ग्वालियर यहाँ का निकटतम हवाई अड्डा है, जबकि झांसी निकटतम रेल स्टेशन है। यह उद्यान आगरा-मुंबई (राष्ट्रीय राजमार्ग-3) और शिवपुरी-झांसी (राष्ट्रीय राजमार्ग-25) पर स्थित है, जिस कारण शिवपुरी और झांसी से यहाँ आसानी से पहुँचा जा सकता है।

राष्ट्रीय राजमार्ग इस उद्यान से ही गुजरते हैं। यह पर्यटकों के लिए वर्ष भर खुला रहता है। यहां आप कभी भी आ सकते हैं और खूब सैर-सपाटा करते हुए मनोरंजन भी कर सकते हैं और प्रकृति के आंचल का सुकून भी प्राप्त कर ही लेंगे।

पन्ना राष्ट्रीय उद्यान

पन्ना के हीरे तो आपने खूब सुने होंगे, लेकिन यहां के परिंदे, पशु और प्रकृति भी बड़े अच्छे हैं। पन्ना राष्ट्रीय उद्यान मध्य प्रदेश राज्य के लगभग मध्य में खजुराहो से 57 किलोमीटर की दूरी पर पन्ना जिले में स्थित है।

यह क्षेत्र हीरों के लिए विख्यात है और यहां भारत की कुछ सर्वोत्तम वन्य जीवन प्रजातियां पाई जाती हैं और यह देश का एक बेहतरीन टाइगर रिजर्व है। इस पार्क में जंगली बिल्लियों के अलावा बाघ और हिरण तथा एंटीलॉप भी पाए जाते हैं। भारत के एक जाने माने पर्यटन आकर्षण केन्द्र, खजुराहो के समीप होने के कारण इस पार्क में एक बड़ा पर्यटन आकर्षण बनने की संभावना निहित है। इसे भारत का दूसरा सरिस्का राष्ट्रीय उद्यान माना जाता है। पन्ना राष्ट्रीय उद्यान को विश्व वन्यजीव कोष से भी सहायता प्राप्त हो रही है।

टाइगर (पेंथेरा टाइग्रिस) जो जंगल का राजा माना जाता है, यहां इस सुरक्षित वन में मुक्त भाव से घूमता है, जबकि इसके साथ ही ये भी यहां पाए जाते हैं : चीता (पेंथेरा पारडस), जंगली कुत्ते (क्यूऑन एल्पीनस), भूरा भेडिया (केनिस ल्यूपस), हाइना (फेलस केरा केल) और छोटी बिल्लियां।

यहां आप बड़ी आसानी से नील गाय और चिंकारा को घास के खुले मैदानों में घूमते हुए देख सकते हैं, विशेष रूप से किनारे की ओर। यहां कई प्रकार के सांपों के साथ अजगर और अन्य सरीसृप जंतु पाए जाते हैं।

पक्षियों की प्रजातियां यहां अनेक प्रकार की पाई जाती हैं। यहां 200 से अधिक पक्षियों की प्रजातियां पाई जाती हैं जिसमें अनेक प्रवासी पक्षी शमिल हैं। सफेद गर्दन वाले स्टॉर्क, बार हेडिड बोज, हनी बजार्ड, गिद्ध, ब्लास्म हेडिड पाराकिट, पैराडाइज फ्लाइकेचर,

स्नेटी हेडिड सिमीटार बैबलर आदि कुछ नाम हैं, जो यहाँ पाए जाते हैं। यहां कई प्रकार के बहुत ही छोटे जीव भी होते हैं, कुल मिलाकर यह एक बढ़िया जगह है, है ना।

करेरा पक्षी अभयारण्य

सुंदर प्राकृतिक नजारा और मनमोहक पशु और पक्षी! जी हां यह सब आपको मिलेगा करेरा पक्षी अभयारण्य में। करेरा पक्षी अभयारण्य भारत के मध्य में स्थित मध्य प्रदेश राज्य में है। यहाँ की वनस्पति मिश्रित पतझड़ी वनों के साथ नमी युक्त है। यहाँ बेर की झाड़ियाँ और अन्य वन्य पादपों की संख्या काफी अधिक है। इस पूरे वन में बबूल के अलावा कोई अन्य वृक्ष नहीं पाए जाते। करेरा अभयारण्य के कांटेदार खुले वनों में विशाल आकार के ग्रेट इंडियन बस्टर्ड पाए जाते हैं और साथ ही मनमोहक ब्लैक बक भी यहाँ देखे जा सकते हैं। यहाँ कई प्रकार के पक्षियों और जंतुओं ने अपना अधिवास बनाया है।

ब्लैक बक और भारतीय गजेल यहाँ पाई जाने वाली कुछ प्रमुख प्रजातियाँ हैं। मौसम के दौरान अनेक प्रवासी पक्षी यहाँ अपना घर बनाते हैं। ये हैं पिनटेल्स, टील्स और गेडवॉल्स जो सूर्य की धूप से बच कर या कीचड़ में बैठ कर समय बिताते हैं। यहाँ ऐसे अनेक जलीय पक्षी भी हैं जो नदी में तैरते हुए पाए जाते हैं जैसे अग्रे और स्पॉनबिल्स। यहाँ पाए जाने वाले अन्य पक्षी हैं हेरॉन्स, इंडियन रॉबिन्स

और साथ ही ड्रेगन फ्लाई, डेम्स फ्लाई तथा तितलियां आदि। मौसम के दौरान अनेक प्रवासी पक्षी यहाँ अपना घर बनाते हैं। यहां पर आप छुट्टियों के मौसम में आकर समय बिता सकते हैं।

बोरी वन्य जीवन अभयारण्य

बच्चो, कभी-कभी पतझड़ का मौसम भी कितना अच्छा लगता है, है ना। और यदि आपको ऐसे वनों की सैर कराई जाए जहां के पेड़-पौधे पतझड़ की परिस्थिति से गुजर रहे प्रतीत होते हों तो क्या कहना! तो चलिए हम ऐसे ही स्थल की आपको जानकारी देते

हैं। ऐसा स्थल है बोरी वन्य जीवन अभयारण्य। बोरी वन्य जीवन अभयारण्य मध्य प्रदेश के होशंगाबाद जिले में स्थित है। यह 518 वर्ग किलोमीटर के क्षेत्रफल में फैले सबसे पुराने आरक्षित वनों में से एक है। यह वन्य जीवन अभयारण्य सतपुड़ा पर्वतश्रेणी के उत्तरी सिरे पर स्थित है।

इस अभयारण्य में अधिकांशतः सूखे पतझड़ी वन पाए जाते हैं, जिसमें टीक, धाओरा, बांस, तेंदु मुख्य रूप से पाए जाते हैं। यहां ऐसी अनेक झाड़ियां और लताएं हैं, जिन्होंने इस आरक्षित वन की सुंदरता को बढ़ा दिया है। इस अभयारण्य के विभिन्न पेड़-पौधे अनेक जीव-जंतुओं का आश्रय है जैसे बाघ, चीता, हाइना, भेड़िए, जंगली कुत्ते और भारतीय लोमड़ी, चीतल एक्सिस, सांभर, नील गाय, चिंकारा, गेजल, जंगली बिल्ली और चार सींग वाले एंटीलॉप,

इन सभी को प्राकृतिक अधिवास में घूमते हुए देखा जा सकता है। यह मनुष्य का यकायक ही मन मोह लेते हैं और जंगली जानवर तो खूंखार होते हुए भी ऐसी भोली सूरत बनाते हैं कि जैसे कुछ जानते ही नहीं, लेकिन इनकी सूरत पर मत जाना और सावधान रहना। पर कुछ भी कहें यह जगह है देखने लायक और छुट्टियों का समय गुजारने योग्य।

बर्डिंग चंबल अभयारण्य पर्यटन

बच्चो, तुम्हें परिंदे बहुत पसंद हैं, है ना! हमारे जमाने में तो कई परिंदे और पक्षी घरों में ही घोंसला बना लेते थे, लेकिन उन दिनों मकान कच्चे और घास-फूस के हुआ करते थे। लेकिन आजकल पक्के मकान बनने से परिंदे भी हमारे घरों से दूर चले गए। लेकिन

आपको दुखी होने की जरूरत नहीं है, आपको यदि परिंदों और सुंदर पक्षियों को देखना है तो हम आपको लेकर चलते हैं बर्डिंग चंबल अभयारण्य पर्यटन केंद्र में।

बर्डिंग चंबल अभयारण्य पर्यटन केंद्र मध्य प्रदेश की एक देखने लायक जगह है। विशेष तौर पर चंबल अभयारण्य घड़ियाल, दुर्लभ डॉल्फिन और ऐलगेटर के लिए जाना जाता है। इसके बावजूद यहां अलग-अलग पक्षियों को देखने का लुत्फ उठाया जा सकता है। चंबल नदी विंध्य पहाड़ से निकलती है और राजस्थान के कोटा जिले, मध्य

प्रदेश के मुरैना व भिंड जिले और उत्तर प्रदेश के आगरा व इटावा जिले से होती हुई अंत में यमुना नदी में मिल जाती है।

चंबल अभयारण्य महत्वपूर्ण पक्षी क्षेत्र आईएन 122 के रूप में सूचिबद्ध है। यहां स्थानीय और प्रवासी पक्षियों की 330 से भी

ज्यादा प्रजाति पाई जाती हैं। फिलहाल यह जगह भारत में बर्डिंग के विकल्प के रूप में तेजी से विकसित हो रहा है।

आप यह सोच रहे होंगे कि यहां कब जाना चाहिए, तो हम आपको बता दें कि पतझड़ और ठंड का मौसम पक्षियों को देखने का सबसे अच्छा समय होता है। इस महीने में यहां स्थानीय पक्षियों के अलावा आप हिमालय की ऊंचाइयों और पालेआर्कटिक क्षेत्र से आने वाले प्रवासी पक्षियों को भी देख सकते हैं। इस अभयारण्य में आप भारतीय स्किमर और सफेट पुट्ठे वाले गिद्ध, भारतीय गिद्ध

और स्पॉट डॉटेड ईगल को भी देखने का आनंद उठा सकते हैं। सच पूछिए तो यह जगह अपने आप में किसी स्वर्ग से कम नहीं है।

रणथंबोर राष्ट्रीय उद्यान

रणथंबोर राष्ट्रीय उद्यान उत्तर भारत के बड़े उद्यानों में से एक है। यह जयपुर से 130 किलोमीटर दक्षिण और कोटा से 110 किलोमीटर उत्तर-पूर्व में राजस्थान के दक्षिणी जिले सवाई माधोपुर में स्थित है। इसका निकटतम रेलवे स्टेशन और कस्बा सवाई माधोपुर यहाँ से 11 किलोमीटर दूरी पर स्थित है। यह अपने आप में एक बड़ा ही सुंदर स्थल है।

सन् 1973 में 1113.364 वर्ग कि.मी. के क्षेत्र को प्रोजेक्ट टाइगर के अंतर्गत रणथंभोर व्याघ्र संरक्षित क्षेत्र (रणथंभोर टाइगर रिजर्व) घोषित किया गया। बाद में सन् 1980 में इसके 392 वर्ग कि.मी. के इलाके को राष्ट्रीय उद्यान घोषित किया गया।

इंदिरा गांधी राष्ट्रीय उद्यान

बच्चो, हमारे देश की पहली महिला प्रधानमंत्री इंदिरा गांधी के नाम पर भी देश में राष्ट्रीय उद्यान है, जो बड़ा ही सुंदर है। अच्छा इंदिरा गांधी के नाम पर एक राष्ट्रीय उद्यान तो छत्तीसगढ़ में है और दूसरा है तमिलनाडु में। यहां हम तमिलनाडु वाले राष्ट्रीय उद्यान की चर्चा कर रहे हैं।

इंदिरा गांधी वन्य जीवन अभयारण्य और राष्ट्रीय उद्यान (आईजीडब्ल्यूएलएस और एनपी) एक संरक्षित क्षेत्र है, जिसका नाम प्रधानमंत्री इंदिरा गांधी के नाम पर रखा गया है, जिन्होंने 7 अक्टूबर 1961 को पार्क का दौरा किया था। इसे अकसर टॉपस्लिप

कहा जाता है जो पार्क के पूर्वोत्तर कोने में स्थित एक गांव है और आगंतुकों का मुख्य केंद्र है। यह नाम 19वीं सदी की एक स्थानीय प्रथा से उत्पन्न हुआ है जिसमें सागौन की लकड़ी के लट्ठों को पहाड़ियों से नीचे सरकाया जाता था। यह दक्षिण भारत के तमिलनाडु राज्य के कोयंबटूर जिले में पोलाची, वेलपराई और उदुमलपेट

तालुकों की अनाईमलाई पहाड़ियों में स्थित है। 108 वर्ग किमी में फैला यह राष्ट्रीय उद्यान 958 वर्ग किमी के इंदिरा गांधी वन्यजीव अभयारण्य का महत्वपूर्ण क्षेत्र है, जिसे पहले अनाईमलाई वन्यजीव अभयारण्य कहा जाता था। इसे 1974 में एक अभयारण्य के रूप में अधिसूचित किया गया था और 108 किमी वर्ग क्षेत्र में तीन स्थानों – करियन शोला, ग्रास पहाड़ी और मंजमपट्टी में स्थित इसके विशिष्ट प्राकृतिक आवासों को 1989 में राष्ट्रीय उद्यान के रूप में अधिसूचित किया गया था। पार्क और अभयारण्य, पश्चिमी घाट विश्व विरासत स्थल के एक हिस्से के रूप में यूनेस्को द्वारा विचाराधीन हैं। अनाईमलाई संरक्षण क्षेत्र डिंडीगुल जिले में अभयारण्य और पालनी पहाड़ी से मिलकर बना है।

अभयारण्य के छह प्रशासनिक रेंज हैं, पोलाची अनाईमलाई फार्म में रेंज मुख्यालय 109.72 वर्ग किमी, वालपाराई जल प्रपात 171.50 वर्ग किमी, उलंदी टॉप स्लिप 75.93 वर्ग किमी, अमरावती अमरावती नगर 172.50 वर्ग किमी, उदुमलपेट 290.18 वर्ग किमी. आईजीडब्ल्यूएलएस पश्चिम में पराम्बिकुलम वन्यजीव अभयारण्य से सटा हुआ है। मंजमपट्टी घाटी उद्यान के पूर्वी छोर पर 110 वर्ग किमी का एक जल निकासी बेसिन है।

ऊँचाई (पर्वतमाला) का विस्तार समुद्रतल के ऊपर 340-मीटर (1,100 फुट) से 2,513-मीटर (8,240 फुट) के बीच है। उद्यान में 12 प्रमुख चोटियां स्थित हैं।

राष्ट्रीय प्राणी उद्यान दिल्ली

बच्चो, अपनी दिल्ली देश की राजधानी है, इसलिए ऐसा तो हो नहीं सकता था कि दिल्ली में कोई राष्ट्रीय उद्यान न हो। तो चलिए हम तुम्हें दिल्ली के राष्ट्रीय उद्यान से अवगत कराते हैं। दिल्ली का राष्ट्रीय प्राणी उद्यान एक आकर्षक पर्यटन स्थल है। इसे चिड़ियाघर के नाम से भी जाना जाता है। यह पुराने किले के पास ही स्थित है। 1959 में बने इस प्राणी उद्यान का डिजाइन श्रीलंका के मेजर वाइनमेन और पश्चिम जर्मनी के कार्ल हेगलबेक ने बनाया था।

214 एकड़ में फैले इस प्राणी उद्यान में जानवरों और पक्षियों की 22,000 प्रजातियाँ और 200 प्रकार के पेड़ हैं। इस चिड़ियाघर में 130 प्रजाति के लगभग 1350 अलग-अलग जानवर हैं, जिसमें से कई सारे जानवर दूसरे देशों से भी मंगाए गए हैं।

इस चिड़ियाघर को 1 नवंबर, 1959 को प्रमुख चिड़ियाघर के रूप, में स्थापित किया गया था, जिसका बाद में नाम बदलकर राष्ट्रीय प्राणी उद्यान कर दिया। उस समय ऐसा माना जा रहा था कि देश के दूसरे चिड़ियाघर इसका अनुसरण करेंगे और ये स्थान भारत के अन्य चिड़ियाघरों के लिए एक उदाहरण होगा। इस चिड़ियाघर को खोलने का मुख्य उद्देश्य यहाँ आने वाले लोगों को प्रकृति के संरक्षण के बारे में जानकारी देना था, जिससे लोग जागरूक हो सकें। दिल्ली

स्थित इस चिड़ियाघर में आने वाले पर्यटक कई तरह जानवर देख सकते हैं, जिनमें चिंपांजी, मकड़ी, बंदर, अफ्रीकी जंगली भैंस, गिर शेर, मकाक, बाँटेंग, अक्ष हिरण, परती, मोर शामिल हैं। साथ ही इस चिड़ियाघर में साँपों और कई सारे सरीसृपों का एक विशाल संग्रह है जो भूमिगत हैं। इन सब के अलावा यहाँ आने वाले पर्यटकों को चिड़ियाघर रॉयल बंगाल टाइगर, भारतीय गैंडा, दलदल हिरण, एशियाई शेर, भौंह अनटलेरेड हिरण और लाल जंगली मुर्गी के संरक्षण के बारे में कई सारी जानकारियां भी देता है।

ये चिड़ियाघर शुक्रवार को छोड़कर सभी दिन खुला रहता है। गर्मियों के दौरान यह 08:30 से 05:30 तक और सर्दियों के दौरान 9:30 से 04:30 तक खुलता है। आने वाला पर्यटक अगर भारतीय हैं तो यहाँ प्रवेश के लिए 5 रुपए जबकि विदेशी पर्यटक को चिड़ियाघर के अन्दर प्रवेश के लिए 100 रुपये का प्रवेश शुल्क देना होता है। चिड़ियाघर में पर्यटकों के लिए जलपान की भी व्यवस्था है, इस चिड़ियाघर के अन्दर सस्ती दर वाला कैफेटेरिया मौजूद है।

यहाँ पर ऑस्ट्रेलिया, अफ्रीका, अमेरिका और एशिया से लाए गए पशु-पक्षी भी देखे जा सकते हैं। चिड़ियाघर में एक पुस्तकालय भी है जहाँ से पेड़, पौधों, पशु-पक्षियों के बारे में जानकारी ली जा सकती है।

सुल्तानपुर राष्ट्रीय उद्यान

दिल्ली से एकदम करीब सुल्तानपुर राष्ट्रीय उद्यान एक बेहतरीन जगह है। अरावली पर्वत श्रृंखलाओं की गोद में स्थित यह राष्ट्रीय उद्यान दिल्ली की सीमा से लगे हरियाणा राज्य के गुड़गांव जिले में स्थित है।

करीब 1.47 वर्ग किलोमीटर क्षेत्र में फैले इस राष्ट्रीय उद्यान के मध्य में पहुंचकर एक खूबसूरत झील के दर्शन होते हैं। सुल्तानपुर राष्ट्रीय उद्यान की धड़कन और वन्य प्राणियों के लिए जीवनदायिनी है यह झील। मछलियों की मौजूदगी और दलदली वनस्पति की बहुतायत के चलते प्रवासी पंछी सर्दियां शुरू होते ही यहां आकर

डेरा डाल देते हैं। सुल्तानपुर हरियाणा का एकमात्र राष्ट्रीय उद्यान है। सुप्रसिद्ध विहगप्रेमी स्वर्गीय सालिम अली और पीटर जैक्सन को इस जगह से बेहद लगाव था।

सुल्तानपुर राष्ट्रीय उद्यान के भ्रमण के लिए अक्टूबर से फरवरी के महीने सर्वोत्तम हैं। निकटतम हवाई अड्डा पालम सुल्तानपुर राष्ट्रीय उद्यान से सिर्फ 35 किलोमीटर के फासले पर स्थित है। निकटतम रेलवे स्टेशन गुड़गांव है और सड़क मार्ग से आने वाले यात्री दिल्ली-जयपुर राजमार्ग पकड़कर सीधे सुल्तानपुर पहुंच सकते हैं। यदि हम दिल्ली से दूरी की बात करें तो गुड़गांव 15 किलोमीटर, पालम 35 किलोमीटर, दिल्ली बस अड्डा 56 किलोमीटर, जयपुर 300 किलोमीटर, चण्डीगढ़ 384 किलोमीटर दूर है।

सुल्तानपुर राष्ट्रीय उद्यान में पर्यटकों के ठहरने के लिए कुटीर से लेकर वातानुकूलित कमरों तक की व्यवस्था है। पर्यटक चाहें तो दिनभर यहां भ्रमण करने के बाद शाम को दिल्ली भी जा सकते हैं।

सुल्तानपुर राष्ट्रीय उद्यान उन पर्यटकों को विशेष रूप से आकर्षित करता है, जिन्हें पक्षियों से लगाव है। यह स्थाई और प्रवासी दोनों ही प्रकार के पक्षियों का घर है। यहां सारस, क्रेन, स्पॉट बिल, गीज और बत्तख सुगमतापूर्वक देखे जा सकते हैं।

पेड़ों पर रहने वाले पक्षियों – बुलबुल, नीलकण्ठ, फाख्ता और मैना के शोरगुल के बीच अगर नृत्यरत मोर के दर्शन हो जाएं तो यात्रा सफल हो जाती है।

पक्षी विशेषज्ञों के अनुसार सुल्तानपुर राष्ट्रीय उद्यान में 100 से अधिक प्रजातियों के पक्षी देखे जा सकते हैं।

इंदरावती राष्ट्रीय उद्यान

बच्चो, छत्तीसगढ़ में भी कई सुंदर उद्यान हैं, जिन्हें राष्ट्रीय उद्यानों का दर्जा प्राप्त है। उनमें से एक है इंदरावती। इंदरावती राष्ट्रीय उद्यान बीजापुर से 50 कि.मी. दूर (जगदलपुर-भोपाल-पटनम मार्ग पर) स्थित है। यह दंतेवाड़ा जिले के अंतर्गत आता है। इस राष्ट्रीय

उद्यान का नाम इंदरावती नदी पर रखा गया है, जो इस उद्यान से होकर बहती है एवं छत्तीसगढ़ और महाराट्र की सीमा बनाती है। राष्ट्रीय उद्यान का कुल क्षेत्रफल 2799.086 वर्ग कि.मी. है एवं इसकी स्थापना सन् 1975 में हुई एवं इसे प्रोजेक्ट टाइगर के अंतर्गत भी शामिल किया गया है। इस राष्ट्रीय उद्यान के अंदर 56 राजस्व ग्राम स्थित है, जिनमें गोड, हलबा, माडिया, मुहिया आदि जनजाति के लोग निवास करते हैं।

इस संरक्षित क्षेत्र में सागौन एवं मिश्रित प्रजाति के वन पाए जाते हैं, जिनमें 102 प्रकार के वृक्ष, 28 प्रकार की लताएं, 46 प्रकार की झाड़ियां, बांस एवं ब्रायोफाईट पाए जाते हैं। जैसे – सागौन, शीशम, साजा, सलई, हल्दू, सेन्हा, तिनसा, जामुन, तेन्दू, धावडा, बीजा, साल, चार आदि। इसके अतिरिक्त शेर, तेन्दुआ, वन भैंसा, नीलगाय, चीतल, सांभर, बारकिंग डियर, भालू, जंगली सुअर, गौर, मोर आदि वन्यप्राणी इस राष्ट्रीय उद्यान में देखे जा सकते हैं।

भोपालपटनम् से 70 कि.मी. की दूरी पर भद्रकाली नामक स्थान पर इंदरावती एवं गोदावरी नदी का संगम है। यह स्थान बहुत ही सुंदर है। पर्यटक इस स्थान पर पिकनिक का आनंद लेते हैं। बड़ी संख्या में यहां देश और विदेश के पर्यटकों को देखा जा सकता है।

कांगेरघाटी राष्ट्रीय उद्यान

छत्तीसगढ़ में कांगेरघाटी राष्ट्रीय उद्यान भी बहुत ही प्रसिद्ध है। कांगेर घाटी राष्ट्रीय उद्यान जगदलपुर से 24 कि.मी. की दूरी पर स्थित है। इस राष्ट्रीय उद्यान की स्थापना 1983 में हुई थी। इसका क्षेत्रफल 200 वर्ग कि.मी. है। प्रकृति की जितने भी संभावित और कल्पित रूप की कल्पना हमारे मन मस्तिष्क में छाई हो वह सभी

यहां साकार दिखती है। कांगेर घाटी राष्ट्रीय उद्यान में जल, जंगल, जमीन के ऊपर और नीचे पेड़, पत्थर और पानी की पूरी संस्कृति जन्मी दिखती है। चूंकि ये प्रकृति के साथ मिली संस्कृति है, इसलिए यहां सब कुछ प्राकृतिक और नैसर्गिक लगता है। यहां की भूगर्भित कोटमसर, कैलाश गुफा, दंडक गुफा, देवगिरी गुफा और कांगेर करपन पर्यटकों को सम्मोहन की दुनिया में ले जाती है। इस राष्ट्रीय उद्यान में कांगेर नदी की विभिन्न शाखाएं सालों भर रहती हैं एवं कोलाब नदी इसकी सरहद बनाती है, जो आगे चल कर शबरी नदी बनती है जो कि गोदावरी नदी से मिल जाती है।

इस राष्ट्रीय उद्यान में धावड़ा, हल्दु, तेन्दु, कुल्लू , कर्रा, जामुन, सेन्हा, आम, बहेडा, बांस आदि के वृक्ष पाए जाते हैं, इसके अतिरिक्त सफेद मूसली, काली मूसली, तेजराज, सतावर, रामदतौन, जंगली प्याज, जंगली हल्दी, तिखुर, सर्पगंधा आदि औषधीय पौधे भी पाए जाते हैं। इसके अतिरिक्त यहां बेंत, साल एवं सागौन के भी वृक्ष पाए जाते हैं। वन्य प्राणियों में शेर, तेन्दुआ, चीतल, सांभर, लकड़बघा, जंगली भालू, काकड़, सियार, घड़ियाल, सांप एवं विभिन्न प्रकार के

पक्षी पाए जाते हैं। यह राष्ट्रीय उद्यान तितलियों, गुफाओं एवं झरनों के लिए प्रसिद्ध है।

यहां के घने वन, लताएं-कुंज, बांस एवं बेलाओं के झुरमुट, रमणीक पहाड़ियां, तितलियां, चहकते पक्षी, रहस्यमयी गुफाएं, सुन्दर जलप्रपात, सर्वत्र नदी-नाले में कलख करता जल एवं बिखरे हुए दरहा आपको अपलक निहारने एवं अप्रितम आनन्द में डूब जाने के लिए मजबूर कर देगा।

गुरु घासीदास राष्ट्रीय उद्यान

बच्चो! गुरु घासीदास भारत के एक महान पुरुष थे, उनकी स्मृति में आज जहां अनेक शिक्षण संस्थाएं स्थापित की गई हैं, वहीं एक राष्ट्रीय उद्यान का नामकरण भी उनके नाम पर किया गया है।

गुरु घासीदास राष्ट्रीय उद्यान बैकुंठपुर, जिला कोरिया के बैकुंठपुर सोनहत मार्ग पर 5 कि.मी. की दूरी पर स्थित है। इसकी स्थापना सन् 2001 में की गई थी। इसके पूर्व यह राष्ट्रीय उद्यान संजय राष्ट्रीय उद्यान, सिधी मध्य प्रदेश का भाग था। इस राष्ट्रीय उद्यान

का कुल क्षेत्रफल 1440.705 वर्ग कि.मी. है। इस राष्ट्रीय उद्यान से हसदेव, गोपद एवं अरपा नदी बहती है। अरपा नदी का उद्गम इस राष्ट्रीय उद्यान के अंदर है। इसके अतिरिक्त नेऊर, बीजागुर, बनास, रेहंठ, नदियों का जलग्रहण क्षेत्र यह राष्ट्रीय उद्यान है।

यह राष्ट्रीय उद्यान उन्नत पहाड़ों एवं नदियों से घिरा हुआ है।

यहां साल, साजा, धावड़ा, कुसुम, तेन्दु, आंवला, आम, हल्दु, जामुन, कर्रा एवं बांस के वृक्षों के अतिरिक्त जड़ी-बूटियां पाई जाती है। इस अभयारण्य में बाघ, तेन्दुआ, गौर, चिंकारा, कोडरी, सांभर, भेड़िया, उदबिलाव, चीतल, नीलगाय, जंगली सुअर, भालू, लंगूर, सेही, माउस डिवर, छिंद, भालू, चिरक माल खरगोश, बंदर, सिवेट, हायना, जंगली कुत्ता, सियार, लोमड़ी, आदि जानवर एवं मुर्गे, मोर, धनेश, महोख, ट्रीपाई, बाज, चील, डीयर, हुदहुद, किंगफिसर, बसंतगौरी, नाइटजार, उल्लू, तोता, बीइटर, बगुला, मैना आदि पक्षी पाए जाते हैं।

इस राष्ट्रीय उद्यान के अंदर 35 राजस्व ग्राम हैं जिनमें मुख्यतः चेरवा, पांडो, गोड़, खैरवार, अगरिया, जनजातियां निवास करती हैं। इनकी भाषा हिन्दी है।

दर्शनीय स्थलों की बात करें तो यहां गोपद नदी का उद्गम स्थल

है। यहां से 6 कि.मी. की दूरी पर हसदेव नदी का उद्गम स्थल है। पहाड़ एवं घाटी का विहंगम दृश्य का आनंद लिया जा सकता है।

खेकड़ा माडा हिलटाप से सघन वन, घाटी एवं पहाड़ का आनंद लिया जा सकता है। यहां बड़ी संख्या में देशी-विदेशी पर्यटक आते हैं।

●●●

प्रश्नोत्तरी

1. 1935 में सबसे पहला राष्ट्रीय उद्यान कौन-सा था?
   (अ) हेली नेशनल पार्क (ब) नेहरु पार्क
   (स) हैदराबाद पार्क (द) कोलकाता पार्क

2. हेली नेशनल पार्क का बाद में क्या नाम पड़ा?
   (अ) राष्ट्रीय उद्यान (ब) जिम कार्बेट
   (स) नेशनल पार्क (द) वायसराय पार्क

3. सुंदरवन में कौन-सा जीव पाया जाता है?
   (अ) हाथी (ब) चीता
   (स) गेंडा (द) बटेर

4. मरुभूमि राष्ट्रीय उद्यान कहाँ स्थित है?
   (अ) जयपुर (ब) कानपुर
   (स) जैसलमेर (द) दिल्ली

5. कंचनजंगा राष्ट्रीय उद्यान किस राज्य में है?
   (अ) सिक्किम में (ब) मध्य प्रदेश में
   (स) दिल्ली में (द) हरियाणा में

6. राजाजी राष्ट्रीय उद्यान कहाँ है?

(अ) देहरादून (ब) दिल्ली

(स) हरिद्वार (द) कानपुर

7. कान्हा राष्ट्रीय उद्यान किस प्रदेश में है?

(अ) उत्तर प्रदेश (ब) सिक्किम

(स) अरूणाचल प्रदेश (द) मध्य प्रदेश

8. माधव राष्ट्रीय उद्यान कहाँ है?

(अ) मध्य प्रदेश (ब) अरूणाचल प्रदेश

(स) राजस्थान (द) दिल्ली

9. पन्ना किसके लिए प्रसिद्ध है?

(अ) कोयले के लिए (ब) हीरे के लिए

(स) सोने के लिए (द) चांदी के लिए

10. इंदरावती राष्ट्रीय उद्यान किस राज्य में है?

(अ) राजस्थान (ब) दिल्ली

(स) छत्तीसगढ़ (द) सिक्किम

उत्तर

1. अ 2. ब 3. ब 4. स 5. अ 6. अ 7. द 8. अ 9. ब 10. स